夜のバザール

山本博道

思潮社

夜のバザール　山本博道

思潮社

夜のバザール　目次

装幀＝思潮社装幀室

夜のバザール

黄色いホテルと人の骨

しずかだった果樹園の村は
数ある処刑場のひとつとして
血を吸った樹木と地面にこびりついた衣服とともに
悲しみをつたえる野に変容していた
そんな場所がこの国には三百二十か所あるというが
五百か所だという話もある
（クメール人がつぎつぎとクメール人に殺された）
ヘッドホンの解説を聞きながら
ぼくは十月の処刑場跡に立っていた

（耳と目と心を奪われて）

窓を開けるとぼくの泊っている黄色いホテルのどの部分なのかその黄色い漆喰の壁がすぐ目の前で衝立てのようになっている部屋に四泊したが最初の二日間はベッドの上の小バエに似た数十匹の虫にフロントで借りてきた殺虫剤「Ｒａｉｄ《レイド》」を噴霧しすぎたのかその甘ったるい匂いに悩まされレストランのドラゴン・フルーツの黒い種までもが虫に見えたが焼きそばの皿には明らかにベッドの上の虫が数匹油まみれで死んでいてここではこうしたことも驚くに値しないのかとスタッフには黙っていたけれどいまにして思うと香辛料の粒だったかもしれない

サトウヤシの樹にはのこぎり状の分厚い葉がぎっしり生えていて
その刃物のような葉で喉をかっ切られて人びとは死んだ
子どもらの足を持って打ちつけたキリング・ツリー
断末魔の叫びをかき消すラジカセを吊るしたマジック・ツリー

大音量で流されたのはどんな革命歌だったのか
（三年十か月と二十日間のカンボジアの悪夢）
プノンペンの街には学校も市場も郵便局もなく
物陰で黄ばんだ雑誌が風にめくれていた

日用雑貨、鮮魚、干物、果実、衣類、家電、履物、胡椒、鍋釜、野菜、化粧品、骨董品に生地、絵画、タランチュラにタガメの唐揚げまぎれもなくそこを行き来する全員が殺した方か殺された方の後裔で大にぎわいのトゥール・トンポン・マーケットの食堂の一角で丸い小さな椅子に腰かけてガラスケースの中のフランスパンと牛肉の串焼きを指さして注文するとパンの間にバターを塗って炭火で炙りひとつの皿に串焼きも乗せサービスだという小皿の野菜の酢漬けも食べおえて見るとはなしにもういちどフランスパンのガラスケースに目をやると薄茶色の翅のゴキブリがしきりとその中で出口を探して触角を動かしているのにぶつかった

べつに理由なんていらなかった
男はバナナを一本盗んだ罪で撲殺された
女たちは闇夜にも月夜にも犯されて殺された
僧侶も医師も歌手も教師も首を斬られて殺された
（二百万人が虫けら同然で殺されたのだ）
古びた衣服の切れ端や人の骨が
ふりつづいた雨のあとは
いまも地中から出てくるという
慰霊塔の中の縦に細長いガラスケースには
天井までぎっしりと頭蓋骨が積みあげられていた

朝の万屋《よろずや》の軒先で日に焼けて変色した黄色い傘をさして托鉢をして
いるオレンジ色の袈裟を纏った二人の裸足の若い僧侶をぼくの泊っ
ている黄色いホテルからほど近いグロリア・ジーンズ・コーヒーの
日よけのあるオープン・カフェの白い椅子でしばし眺めていたこと
がある

死の鉄道

十二月だというのに
気温は連日三十六度を超えていた
クウェー川橋梁停留場から近い鉄橋の上を
連合軍捕虜兵士か強制労働者のように
ぞろぞろと大勢の観光客が歩いていた
鉄橋の畔には茅葺きの櫓があり
そこに色鮮やかな日の丸の旗と
旧日本軍の巨大な旭日旗が括りつけられていた
どうすればぼくは動揺せずにいられただろう

＊
牛馬のようにこき使われる英国人将校エリックと
日本人通訳ナガセの姿も再々見え隠れした
旅はしばしば不意打ちを食らわせる

客車の天井では扇風機がまわり
どの座席の窓も全開だった
水やジュースやおしぼり売りの後ろから
山盛りのドーナッツの皿を抱えた男や
鳥弁当とゆで卵の籠を持った女が
せまい通路を行ったり来たりしていた
列車は切通しを過ぎ
ひらけた景色の水田を過ぎ
死の鉄道と言われた泰緬鉄道の工事でも
最難関だったタム・クラセー橋梁に向かう
この橋の工事で一万六千人の連合軍兵士が死に
七万人のアジア人労働者が死んでいった

右手の岩壁にへばりつくように
列車は時速五キロでのろのろと進んだ
断崖絶壁に生えている木々の枝葉が
窓ガラスをこすっていく
木製の橋梁はぎしぎしと軋み
ぼくを乗せたディーゼル・カーは
いましもレールを踏み抜いて
クウェー川に転落する運命に見えた

銃は三八式歩兵銃だろうか
軍刀と拉げた水筒や飯盒もあった
こんな遠いタイ王国のカンチャナブリーまで来て
祖国だ戦争だイデオロギーだといった
皇御国《すめらみくに》の魂との出会いは
ぼくを砂の袋にした
戦争博物館には

ほかにも拷問の絵や捕虜たちの写真が
不発弾などといっしょに展示されていた
棚に並んだ青いガラスの一升瓶を見ていると
ぼくの家にもあった空き瓶が重なり
いつもおどおどしていた母と
軍隊帰りの酒乱の父が思いだされた

その戦争博物館近くの屋根のある食堂で
ビア・シンの小瓶を注文した
チチッチチッという音に目をあげると
丸い柱のまんなかより少し上に
一匹の茶色いヤモリがへばりついていた

＊2013年豪・英合作で映画化されたエリック・ローマクスの自叙伝『レイルウェイ　運命の旅路』（原題は『泰緬鉄道　癒される時を求めて』）。日本人通訳永瀬隆の役で真田広之が出演している。

線路市場《タラート・ロム・フープ》

雨が降ったわけでもないのに
車道も歩道も市場の中の通路も
川のようになって水が流れていた
乗用車もリキシャもトゥクトゥクも
飛沫《しぶき》を上げてそこを走り
人びとはズボンをまくって歩いていた
満ち潮のたびに
海と繋がっているメークロン川があふれ

あたりいったい水びたしになるという
一日二回まいにち道が川になるのだ
バイクや人の影が水溜りに色つきで映っていた

ぼくは道をえらびながらメークロン駅に行った
時刻表を見るとまだ列車は来ない
プラットホームにあったトイレの壁には
男女の性器が青いペンで書かれていた
それからぼくは線路市場へ行った
野菜や花や魚や果物を入れた箱と籠が
レールに沿ってずっと並んでいた
レールとレールの間が買い物客の通路だ
色とりどりの布製の日よけの屋根が
大海原で風を孕む帆船の帆のように
左右から張り出していた

やがて警笛と駅員の吹くホイッスルが
ディーゼル・カーの接近を伝えた
軌道にはみ出ていた布製の屋根が
奥から手前に順々に
列車にぶつからないように
手早く巻きあげられてたたまれていく
警笛はしだいに大きくなり
オレンジ色の車体がゆっくりと見えてきた
さらに列車は断続的に警笛を鳴らし
小刻みに車体を揺らしながら
レール際のザボンの笊をはね飛ばして
これ以上は近づけないくらい近づいて来る
ぼくはぶつからないように腹をへこませていたが
こんな近くを列車が通過したのははじめてだった

折り返し運転のディーゼル・カーは

こんどはぼくを乗せて
ふたたびメークロン駅を出発した
車両の最後尾から線路市場を眺めると
列車が通り過ぎた店から順々に
色とりどりの布製の日よけの屋根を下ろし
レール付近まで籠や箱を押し出すのが見えた
列車が近づいて来たときと反対だ
市場には野菜や花や魚や果物が並び
買い物客も線路のなかに戻ってきた
一日二回まいにち道が川になる町は
ディーゼル・カーが一日七回市場を抜けて行く

女たちの村

ソンテウというクッションも吊り革もない
小型トラックの荷台で揺られ
狭く険しい密林の山道を行く
まだ夕方の五時過ぎだというのに
到着した山奥の村は真っ暗だった
満月から一夜過ぎた月のまわりには
町のどこかで打ち上げているのか
天灯の黄色い光が浮かんでいた

石だらけの歩きにくい道だった

村には首輪をした犬のように
金色の輪を首に嵌めた女たちがいた
手と足には銀色の輪を嵌めていた
不思議と男たちの姿はなかった
女たちは布地やポーチやストールを
竹や丸太でできた草葺きの小屋の
店先に並べて売っていた
水曜日の満月の夜に生まれた女児だけが
首に真鍮リングを嵌めるのだというが
女たちはみんなその輪を嵌めていた

ぐるぐる巻きの包帯のような輪の束で
顎と肩が異様に離れている首の長い女は
少年の日の夏祭りに見た轆轤首だった

成長するにつれて首と手足の輪は増やされ
その重さは十キログラムにもなるという
十七歳だという一人の少女から話を聞いた
学校へは行っていないと言った
みんなここで生まれてここで育ち
機を織り人に見られて暮らすのだろう
首輪の彼女たちにカメラを向けるのは
どことなく気が咎めた

その集落から少し先の道の
そこだけぽっと明るい家の土間で
こっちを見ている家族がいた
近づいてみると首輪はなかったが
金と銀の輪が手と足に嵌められ
若い母親と若い娘の耳たぶからは
自由の女神の一ドル硬貨大の耳輪が

痛々しく垂れ下がっていた
そこでも布地やポーチやストールを売っていて
やはり男たちはいなかった

寺院の石段

千年近くも前に建てられた
シュエサンドー・パヤーの不ぞろいな石段を
歩幅を大きくしたり縮めたりしながら
上や下を見ないようにして上る
五層のテラスの一番上をめざして
地上で薄茶色のスエードの靴を脱ぎ
裸足で一段また一段と急階段を上っていく
足の裏に欠けた石段のレンガが当たっても

うしろからも人が来て
芥川龍之介の蜘蛛の糸のように上る
三層目のテラスで夕日を待つ人たちを見ながら
こんなふうに上ってきて
下りられなくなったらどうしようと思いつつ
さらに四層目をめざして上る

広大なバガン遺跡には
大小三千を超える寺院と仏塔がある
ひたすらぼくは上る
この階段を上りきったら
ぐるっと見渡すかぎりのバガン王朝が
ぼくの目の前に広がるのだ
鉄製の青い手すりを命綱にして
しっかりと左右の手のひらで交互ににぎって
上へ上へと上る

四層目の階段を過ぎ
ぼくは最後のテラスに向かって
裸足で石段を上る

最上階のテラスのまわりは
転落防止の柵もなく
低い置き石が並んでいるだけだった
右や左から来る人たちをよけながら
ぼくは狭いテラスのまわりを
おそるおそる回った
エーヤワディー川が遠くで光っている
スラマニ寺院やアーナンダー寺院も見えた
細い道と木々のほかは全部が寺院か仏塔だった

やがて山の端に太陽が沈み
シュエサンドー・パヤーのてっぺんに

いっぺんに風が出てきた
それまでいた人たちはいつ下りたのだろう
もう人影はほとんどなかった
こんどは一段また一段と急階段を下りていく
鉄製の青い手すりを命綱にして
ぼくは裸足で下へ下へと石段を下りる

泥棒市場《タラート・クロントム》

土曜の夜の八時半だった
百五十バーツ支払ってタクシーを降りる
車やバイクやトゥクトゥクの光の海を渡って
そのむかし泥棒が盗品を持ちこんだとか
人込みに泥棒がいると言われる泥棒市場に行く
(よもや危ない目には遭わせられないだろう)
暗がりの多いごちゃついた通りの市場だった
タクシーから降りた場所まで戻れるだろうか

目印になるようなものもなかった

ぼくは口をあけたまま固まりそうだった
とにかく何でもかんでも売っていた
（売れなさそうなものまで売っていた）
海辺にあるような派手なパラソルに裸電球をくくりつけ
その下に商品を並べたり積み上げていた
そんな露店が左右にあって延々と道をつくっていた
ジャケットのないレコード盤と中古のプレーヤー
（こんなものだれが買っていくのだろう）
非常口とかトイレと書かれたプラスティック・プレート
セパタクローのボールにネクタイ三本五十バーツ
清涼飲料水のおまけのようなフィギュアの山
むき出しのＶＨＳビデオテープに男物のベルト黒電話ケージのなか
の生きた子犬に小鳥ピヨピヨ鳴くゼンマイの鳥古着に南京錠家具雑

貨シャワーのノズルに車のハンドルナンバープレート速度計PS2
コントローラーに任天堂DSどこにねむっていたのか懐かしいファ
ミコンソフトに束ねられた歯ブラシ食器ガラス製品皿スプーンフォ
ークにアナログデジタル大時計すぐにでも泥棒ができそうな庖丁金
槌覆面手袋布テープハサミ注射器ヘルスメーター爪切りナイフ各種
リモコン動くのか動かないのか腕時計には一つずつていねいに手書
きの値札がついていた

ローファーサンダルスニーカーの見切り品は
どこぞの寺院からくすねてきたのだろうか
こっちのかごにはボルトとナットと釘ネジクリップ
あっちのかごには韓国海苔とスープ缶づめ麦こがし
薄汚いサルやヒツジや犬猫タコの縫いぐるみ
つけ爪マニキュアつけ睫毛口紅ロウソク発電機
ぼくは泥棒市場を行ったり来たりして
三十九バーツのゴム草履を買った

（これがいまは旅のお供だ）

横の道にはビニール屋根のある店々がのびていた
カメラや液晶テレビ携帯電話に貴金属など
露天商の品々よりはましに見えたが
奥へ行けば行くほど怪しくなって
成人向けＤＶＤのオンパレードだった
驚くことにわが国の若いメイドもキャバ嬢も
ほほ笑んだり股を広げて男を誘っていた

その行き止まりをまた引き返し
途中のコンビニでパンと水を買った
タイでは水にストローがついてくる
あとはささくれを切る小さなハサミを買った
帰りは二百バーツでトゥクトゥクをひろった
ドライバーには再三再四念押ししたのに

いつになったらホテルに着くのか
トゥクトゥクはおかしな道ばかり走っていた

百五十バーツは約五百円

戒厳令の街

ビクトリー・モニュメント駅でスカイトレインを降りると戦勝記念塔の周囲は大勢のデモ隊とかれらのスピーカーや鉄パイプを積んだ街宣車とやじ馬でごった返していてそこをかき分けぼくの泊っているホテルへ向かう道に出ようとしたのだが通りには延々と食べ物雑貨シャツパンツコスメの屋台が立ち並びその人だかりとデモ見物で進むも戻るもままならない車道に停めた街宣車からは政権批判のアジテーションとシュプレヒコールがひっきりなしに夜の街を劈き大きく振られた国旗とオレンジ色の旗を背にカップルたちが写真を撮

ったりホイッスルにワッペン小旗リストバンドに国旗シールの屋台が早速デモに乗じて飛ぶように売れていたお祭り騒ぎとくらべるとデモ隊に多数の死傷者が出てタイ陸軍がタイ全土に戒厳令を布告してから街は一見平穏さをとり戻したかのように見えた

ホテルからビクトリー・モニュメント駅への道は相変わらずの雑踏だったがデモグッズも少なくなってぼくはチャトゥチャック・ウイークエンド・マーケットへもバイクタクシーは使わずモーチット駅から鋭い葉のサトウヤシの樹が生えている公園を横ぎって芝生で遊ぶ母と子と椰子の葉高く湧いている積乱雲を見あげながらプノンペンの住宅街で裸足で家の前を竹箒で掃いていたパジャマ姿の少女はなぜ靴を履いていなかったのだろうとつい四時間前のことが気になっていた赤いバラ白いバラ紫のバラ籐籠のスイートピーに赤い葉のポインセチアもゴムの樹もそこで売っているのはぜんぶ作り物だった止まり木で鳴いている派手な色のルリコンゴウインコと鸚鵡は木製でマグカップは犬猫縞馬鳥熊の顔の部分が持ちにくそうな把手に

なっていたカットフルーツ帽子揚げ物焼き物ランプに子犬仏像パッチン止めのまわりにもどこにもタイ陸軍の兵士はいなかった

そのチャトゥチャック・ウイークエンド・マーケットもぼくの好きなプロンポンの街角もどこがどう戒厳令なのかいつも行く東京堂書店で日本円の定価より割高な「旅はタイにはじまりタイに終わる」という時間つぶしの文庫本をタイバーツで買い日本人駐在員家族御用達のスーパーマーケットの向かいの居酒屋「金閣」のタイ人店主の顔を見ようと思ってたずねたが東京メガネもにしむらも絆もそのままだったのに看板も商い中の木の札も取り外されてこんな短い間に「金閣」では何があったのかふたたびスカイトレインでナナ駅まで戻ってファストフード店に入ると前に来た時はこのへんで煙草のポイ捨てと同時に獲物を捕えた猟師のように警察官が飛んできて罰金二千バーツというのをねばりにねばって千バーツにまけさせたがみんな給料が安いからそんなふうに職権を使って稼ぐのか駅の窓口にいる駅員にまで両替をごま化されたことを思いだした

昼間のハッポン・ナイト・マーケットには何もないと言われたがど
んなふうに何もないのか知りたくてトゥクトゥクをひろって戒厳令
下でホイッスルもデモ隊も旗もない目抜き通りを風に吹かれて数時
間後には高級ワニ革男性ベルト財布にオメガティファニーロレック
ス旅行鞄にタイシルク靴シャツランタンエルメスシャネルにヴィト
ンのニセモノ市場に変わるハッポン通りに着くとそこはただ広いだ
けの道で灯の消えたクラブ割烹カラオケバーの煤けた看板と夜の屋
台に並べる品々を入れたいくつもの巨大な布袋の番をしながら携帯
電話をいじっている男たちが日暮れを待っているだけだった

二千バーツは約六千円

西日のダッカ

インターネットのウェブサイトで
何本も何十本もダッカの人びとと
街とリキシャと青空市場の動画を観た
街はまさしく喧噪の坩堝だった
鳴り止まない路線バスとシーエヌジーと
車とオートリキシャのクラクションに
痰のようなリキシャのベルがチリンチリン絡まり
自転車トラック荷車を引く牛南京袋のリヤカーが

簡易アスファルトの道を埋めつくしていた

塗装のほとんどが剥げている路線バスは
前も後ろも側面もボコボコにつぶれて
動くのが不思議なくらいだった
見回せばそんなバスばかりだ
助手の男が開けっ放しのドアのステップに立って
客を探してやれ乗れほら乗れそら乗れと
へこんだバスの側面をバンバンと叩いていた
街路樹は薄汚れ街は薄汚れ空は薄汚れ雨も降らず
遠くの景色は霞か靄のようにけむっていた

仕事を求めて地方から出て来た男たちで
ダッカのリキシャは五十万台になんなんとしていた
*その借賃が日に八十タカで食事に六十タカ
それすら稼げない日もあるらしい

どこまでもつづくおわりのない交通渋滞に
パソコンの前のぼくが疲れてくる
道の真ん中をぼろぼろな麻の袋のロバが行き
頭に籠や箱を乗せたヒトが行き
丸太を積んだ二頭のラクダの荷車が行く
縦列しているリキシャを後ろから見ると
鳥や女や男や花のペンキ絵が
ダッカの映画館の看板のようにつづいていた

見上げれば蜘蛛の巣のように
空と街の間を縦横無尽に電線が走っていた
車輪付きの板に乗った足のない男が
停車中の車に近づいて物乞いをしていた
地べたをダンゴ虫のように這う少年もいた
道ばたの大きなゴミ箱からゴミが溢れかえって
ゴミ箱のないところへゴミが捨てられていく

前方もずっとリキシャ後方もずっとリキシャで
チリンチリンチリン　チリンチリンチリン

いったいいつになったらこの街から
リキシャ引きはいなくなるのだろう
一日に二百タカも稼げないのなら
逆立ちしたって裕福にはなれない
この国の政治家らしき男のポスターが
べたべたと街中に貼られていた
こんな埃っぽい南アジアの街の中で
カタカタとハンドルを回して
男がサトウキビジュースをつくっている
待ってて買ってその場で飲む客の男
路肩の水溜りにゴミが飛んでくる
それを跨いでダッカの人びとは
毎日どんなことを思うのだろう

街角に積まれた卵ケースの白い卵に
強い西日が当たっていた

八十タカは約百四円

＊2010年 YouTube で公開の短編ドキュメンタリー『Rickshaw City』のデータを引用した。この『人力車の街』は映画製作者のアブ・カーン氏が、ダッカのリキシャ引きに取材したものである。

パナムノゴル

世界の多くの国々がそうであったように
旧東パキスタンのバングラデシュもまた
戦争やクーデターに巻き込まれてきた
黄金の都という意味のショナルガオが
ヒンドゥー教徒の街として栄えたのは
そうなる前のまだ平穏な頃のことだった
ショナルガオの街の中には
裕福なヒンドゥー教徒の邸宅が建ち並ぶ

パナムノゴルという一角があった
だがこの国のイスラム色の深まりとともに
ヒンドゥー教徒は隣国のインドへと逃れ
パナムノゴル地区の家々は
一軒残らず空き家になっていった

さびれた観光地を思わせる
人の姿も疎らなパナムノゴルで
ぼくを待っていた若い男の
首から掛けたピンクと水色のストールは
そのピンクも水色もくすんでいた
そしてリキシャを漕ぎ出した彼が
そのストールで汗をぬぐうたびに
饐えた臭いの風がうしろのぼくに吹いて来た
リキシャ同士がやっとすれ違えるほどの細い道で
ときどき降りてはレンガ造りの建物や

窓や壁面に施された装飾を見て回った
赤茶色のレンガを積み重ねた円い柱は
長い歳月の中でセメントも剥がれ
レンガも欠けたりずれたりして
倒れそうなだるま落としのようだった
家の出入り口には金網や衝立があって
中に入ることも覗くこともできなかった
黒い野犬のいたゴアルディ・モスクと
民族博物館には行かなかった
建物の壁の読めない看板を
写真に撮ってガイドに見せると
危険につき立入禁止と書いてあると言った

リキシャ引きへの支払いは
地元ベンガル人の三倍だと聞いていたので
男のストールと似た臭いのする

よれよれの十タカ紙幣三枚と
突っ返されるのを半ば覚悟で
ババ抜きのババのような
破れた五タカ札をチップで出した
若い男はいいともいやだとも言わなかった
酒類が禁じられているこの国では
缶ビール一本が三百五十タカだが
それでいくと彼の仕事は
ぼくの飲むビールの泡の一口分だった

三十五タカは約四十六円

夢の果て

夜のチェンマイに着くと雨だった
伝統舞踊が売り物のレストランでは
野外ステージに近いぼくのテーブルの
肉や魚や野菜の皿にも
雨のしぶきが吹き込んだ
雨は明け方まで続いていたが
朝には上がっていた

足の踏み場もないほど

暗い土手はにぎわっていた
間断なく花火が上がり
ピン川の対岸の灯りが
揺れる杭のように川面に映り込んでいた
ぼくは孔雀草やランの花の灯籠を持って
ピン川の岸辺に下りて行った
そこではいっしょに流す鰻や泥鰌や小魚が
透明のビニール袋に入って売られていた
その日は水の女神を祀って灯籠を流す
ロイ・クラトン祭りの日だった
川の中ではふたりの少年が
浅瀬で止まったいくつもの灯籠を
ひとつずつ棒で深みに押しやっていた

さらにこの日は
仏陀への日頃の感謝をこめて

コム・ローイを飛ばす日でもあった
黄色い熱気球のその光が
空にはすでに無数に浮かんでいた
ぼくもしだいに膨らんできた熱気球を
いまだとばかり空に放った
木の枝や電線に引っかからないように
途中で燃え尽きて落下しないように
だれもがそれぞれの願いをこめて
小さくなっていく光を見守っていた
川べりでも道の真ん中でも
海の底から湧くクラゲの大群のように
おびただしい数のコム・ローイが
次々と暗い夜空に打ち上げられていく

輝いている　未来照らす光*
夢をかなえた　特別な夜

世界がまるで昨日とは違う

ラプンツェルの歌声が聞こえてきそうな
深い森の奥の高い塔の中と
そこを出たこの広い世界とでは
何がどう違っていたのだろう

やがてピン川の下流の水門には
祈りをこめて流した灯籠が
大量の生ごみで流れ着き
未来を照らした熱気球の光は
黒焦げの燃えかすとなって
ぜんぶ地上に落ちていた

＊２０１１年公開の米制作のアニメ映画『塔の上のラプンツェル』より、挿入歌「輝く未来」部分。物語の原作はグリム童話の『ラプンツェル』。

インレー湖の水

朝の飛行機に乗るために
ウェイクアップ・コールは五時半にした
窓の外の暗闇でヤモリが何匹も鳴いていた
毎日毎日移動するので毎日荷物を纏めた
バガンのニァウンウー空港を飛び立った機体は
インレー湖をめざして寺院や森や畑を越えて
十時半には玄関口のへーホー空港に到着した

インレー湖の周辺を巡回している市が
ぼくの行った町に運よく立っていた
竹箒に買い物籠麦藁帽子に毛ばたきや魚籃が
吊る下がったり立て掛けられたり重ねられたり
鉄の大鍋では揚げ物の油が音を立て弾けていた
顔に粉おしろいを塗った女たち
巨大なラグビーボール型の緑色の果実は
ひとつ三十キロもあるジャックフルーツだった
パイナップルが手榴弾のように転がっていた
ネギに白菜インゲンピーマン茸に大根
黄色や赤いラベルの瓶入り調味料が
射的の屋台の景品のように棚に並んでいる
ぶら下がっている帯状の小袋は粉せっけんだ
菓子の袋もぶら下がっていた
歯ブラシ束子ショルダーバッグにかぼちゃ大蒜
店先の足踏みミシンで繕い物をしている少女

移動市場はここで暮らす人びとの台所と洋品店と食堂だ
女たちのロンジーは色柄豊富で美しく
茣蓙の上で皮をむいたり刻んだりしている
日射しはしだいに強くなっていた

シャン丘陵に広がるインレー湖で
インダー族の男たちは片足を櫓に絡めて舟を漕ぎ
かごのような伏せ網を投げて
コイやナマズやライギョを獲っている
水草でつくった人工の浮島では
野菜の水耕栽培が盛んで
そこが湖上とは思えないほど
広大な畑にはナスやトマトが鈴生りだった
高床式の家とそばに繋いだ小舟がなければ
花咲く庭も物干し竿も子どもたちの笑い声も
陸の上となにひとつ変わらなかった

整備された水草と水草の間の水路を
エンジン付きの観光ボートが走り抜けていく
外来種のホテイアオイが右に左に大きく揺れる
遠い山陰に赤い夕日が沈んでいく

この湖に住む人びとの生活排水と
野菜を育てる肥料や農薬で
インレー湖の水の汚染は進み
使っている家もあるというが
もう煮炊きや飲み水には使えないという
ぼくの泊った高床式の水上コテージでも
食器を洗った水やトイレや浴槽の水は
ナマズのあらやトマトの蔕《へた》といっしょに
インレー湖に流しているのだろうか
夕食後のフロントで
翌日のウェイクアップ・コールも五時半にした

十時半にはヤンゴン国際空港に着くだろう
桟橋づたいに部屋まで戻ると
窓の外の湖は漆黒の闇に包まれ
ベッドには白い天蓋が下りていた

収容所跡で

いまは博物館になっているが
高校の校舎を収容所にしたという建物の
最初の部屋に入ると
血でくすんだ茶色と白の市松模様の床の上に
鉄製のベッドフレームが一台置かれていた
その上にはこれも鉄製の足枷が乗っていた
隣の部屋のおなじようなベッドフレームは
どんな力を加えたらそんな形になるのか

まんなかが歪んだクモの巣のようにひしゃげていた
ちょうど背中か腰のあたりだろうか
ベッドの上に鎖で繋がれた黒い炭のような死体や
ベッドの下に蹴落とされた仰向けの死体
棒に手足を縛られて担がれていく姿や
水槽に浸けられて溺死する様子が
剥落しかけた壁にピンで止められていた
灰色のコンクリートの三階建て校舎は
教室という教室から椅子や机は取り払われ
廊下にまで血が染みついていた

その先の部屋の何枚もの脚付きボードには
卒業記念アルバムのように
大勢の顔写真が貼られていた
帽子を被っているのが看守で
胸に番号札があるのは囚人だ

どちらもまだ少年少女たちだった
目をむいたりえぐられている写真も
それらとともに並んでいた
雑居房では人の上に人が重なり
だれもが痩せた手足を折り曲げていた
片っ端から市民を殺させた男の出現は
そんなに遠い昔の話ではなかった
水ぜめ鞭打ち逆さづり鉈斧つるはし天秤棒
さまざまな拷問と殺害に使われた道具が
農機具のように展示されていた
さらに奥には畳一畳半ほどの独房が
家畜小屋のように続いていた
うす暗いトゥールスレン虐殺博物館で
ゆいいつ世界と繋がっていたのは
部屋の隅の壁に空けられた排泄用の穴だった
何て眩しい外の光だろう

有刺鉄線で囲まれた収容所跡を出ると
日だまりの大きなプルメリアの木に
びっしりと赤い花が咲いていた
そばには売店があって
独房に収容されていたという老人が
じぶんの書いた本を売っていた

夜のバザール

裸電球の下に赤や緑の民芸品とキーホルダー
ハサミに爪切り毛抜きセットにポーチやクッション
ズボンと上着は屋台骨の鉄パイプに吊るされていた
オオスズメバチの羽音に似たタイ音楽が流れ
夕涼みの観光客や地元の人たちが
特設ステージに近いテーブルに
メコン・ウイスキーの瓶やエビの皿を並べていた
日中は三十度を超えて暑かったのに
夜にはぐんと二十度ほどに下がっていて

ぼくの半袖では少し肌寒く感じた

そんなチェンマイのナイトマーケットも
国境の町メーサイの路上に列《つら》なる
魚介類の屋台も衣料品も腕時計も
不思議とタイでは北へ行けば行くほど
売り子は声をかけてこなかったし
ぼくも見ているだけで何も買わなかった
一台百バーツのブリキのトゥクトゥクは
日本に持って帰れば千円になるから
まとめて買えば小銭稼ぎになりそうだった

そしてチェンライのナイトバザールは
想像していたよりも小規模で
ぼくは街路灯に集まる昆虫のように
ぐるぐるとおなじところを歩きまわって

数種類の動物になる木製パズルを買った
四足で百パーツだというソックスは
全部絵柄の違うスパイダーマンを
ワゴンの奥から引っぱり出したが
毛沢東やゲバラのステッカーは
ぼくのスーツケースには合わなそうで止めた

日が傾きだすとどこからともなく
露天商たちが出て来てパイプを組み立て
屋根になる幌を張って屋台をつくり
段ボール箱から大小とりどりの商品を
薔薇の花に似せた赤や黄色の石けんであれ
少数民族の帽子や腕輪や財布であれ
取り出しては台の上に並べていく
金色の仏教寺院と青いイスラム寺院が
見分けのつかない深い闇に沈んでいく

空き地には新しい道ができ
毎晩そこに蜃気楼のように市が立つのだ
そして日付が変わる頃には
組み立てた屋台を慌ただしく片付け
売れ残ったポーチやスパイダーマンを
車やリヤカーに積んで帰っていく
大雨や大風に見舞われないかぎり
日が傾きだすと
露天商たちはふたたび屋台をつくり
運び込んだ象とピアスと鍋つかみを
ひとつずつ台の上に並べていく
つぎの日もまたつぎの日も
そうしてガラスの小鳥と蝶たちは
飛べない翼を夜の空へ広げていく

百パーツは約三百四十円

百年市場

タラート・クローンスアン

朝の国鉄ファラムポーン駅で
列車に乗って発車を待っていると
いったい何が起こったのか
タイ語での車内放送があり
乗客全員が立ち上がった
これは回送列車なのかと思い
つられてぼくも立ち上がった
見るとホームのベンチの人も立っていた

まいにち午前八時と午後六時の二回
この国の駅や公園では国歌が流れ
坐っている人は立ち
歩いている人は止まり
愛国心と王室への忠誠心をしめすのだという
そして国歌がおわると
何ごともなかったように
また歩き出し坐りなおした
敗戦とともに国歌も国旗も
不審なものになったぼくの国では
考えられないことだった

線路の両側には粗末な家が立ち並び
それをかきわけてディーゼル・カーは進んだ
破れたどぶ板と紐に干された大量の洗濯物
そんなスラムの赤茶けたトタン屋根にも

国旗と国王旗がはためいていた

百年以上つづいているという百年市場が
タイ王国にはいくつかあるらしいが
ぼくの行ったチャチューンサオの市場は
運河の上の橋を挟んで三県に跨っていて
その橋にも国旗と国王旗が掲げられていた
そう思って見ると旬のグァバの果物店にも
「理由なき反抗」のＪ・ディーンのブロマイド店にも
古い燐寸のレッテルを並べた店や
ぐつぐつと鍋で煮えている家鴨の薬膳煮の店にも
三色旗と黄色い国王旗が旗受けにささっていた
さらに市場の天井からは
ふたつの旗が交互に張りめぐらされ
その下を歩いているだけで
ぼくは「国家」に搦め捕られそうな気がした

砂糖をまぶした青いリンゴのビニール袋詰め
蛙や蟻の幼虫を象った不気味な置物
木の帆船観覧車回転木馬にブリキの自動車
そして運河に掛かる橋の下では
誰に連れられて来たのか
投げ銭の空箱をそばに置き
腹の出た盲目の男が
カラオケの機械を首からぶら下げて
手にしたマイクで歌を歌っていた

ミニホテル

カイラン水上マーケットに行こうと思った
夜明けのメコン川に船で出て
カボチャだスイカだ大根キャベツに芋ニンジンだと
旗竿に野菜や果物を高々と紐で括りつけ
それを暖簾代わりに商う船を
実際にこの目で見てみたかった

前泊したカントーのミニホテルは

一泊朝食付きで千七百円ほどだったが
エアコンのある一人部屋にしたので
十ドルの追加料金をとられた
部屋は階段を上がった二階の奥で
素通しガラスの入り口のドアには
黄色い布きれが目隠しで掛かっていたが
扇風機を回すとそれがめくれて
外から丸見えになった
小さな事務机と椅子と鏡とテレビと電話があり
ベッドの上にはキルトの毛布が畳まれていた
奥のドアを開けると洗面台と便器とシャワーが
仕切りもカーテンもなく並んでいて
蟻の行列が壁を這っていた

昔どこかで見たような湯沸かし器に点火して
ゴム草履のままシャワーを浴びた

歯ブラシと石けんはあったが
パスポートや現金をしまう場所は
ぼくのズボンの尻ポケットしかなかった
町の灯りとナイトマーケットの人びとの声で
寝つけないまま天井や壁を見ていると
青い花瓶型の電球カバーの横から
一匹のヤモリが出入りしているのが見えた

形ばかりの部屋の鍵だったが
パスポートも現金もズボンの尻もそのままで
朝はふつうにやって来た
水上マーケットに行く支度をして
食堂を兼ねたエントランスへ下りて行くと
注文したわけでもないのに
薄く焼いた卵焼きの上にフランスパンをのせた皿と
モンキーバナナの小さな皿が

練乳の沈んだアイスコーヒーとともに
ぼくの前に運ばれてきた
メニューは一種類なのかもしれなかった

バスから船に乗り換えて水上マーケットに着くと
旗竿に野菜や果物を吊るして高々と掲げた船が
キャベツやスイカや玉ねぎを山盛りにして
卸商《おろししょう》や仲買人《なかがいにん》の船を待っていた
小舟の上でバナナの房をかかえて
不安げにあたりを見回している少年や
清涼飲料水の瓶をかざしている三角笠の女
バインミーをつくって売る手漕ぎの舟もあった
ぼくは観光船の客を相手に
ひたすらパイナップルの皮を剥いている
パイナップル船に飛び移って
作業中の写真を撮らせてもらった

先端が鈎のように曲がった細長いナイフで
形の違う帽子をかぶった無口な夫と妻が
巻貝のようにカットしたパイナップルを串にさし
一本一万七千ドンで売っていた

やがて空が明るくなり
大型船も小型船もメコン川を離れていった
ぼくはミニホテルへ戻るバスの中で
だれもいなかったエントランスの隅に
大勢の人たちの荷物といっしょくたに
置きっぱなしにさせられた手荷物が
仮になくなっていたとしても
慌てふためかないでいようと思った

一ドルは約百二十二円　　一万七千ドンは約八十円

夏の一日

博物館前の広場には
アメリカ空軍の迷彩柄の爆撃機や
長い砲身の戦車が
偵察ヘリとともに出撃態勢で展示されていた
これらはアメリカ軍が置いていったのだろうか
それともベトナム側の戦利品だろうか
十年以上も続いた戦争の足跡を集めた
戦争証跡博物館に来るのは三度目だった

戦争が世界の庭を実らせたことなど
いちどでもあったろうか
膨大な量の写真と武器弾薬と
積み上げられた防毒マスク
何をどう繙いてみても
人類の歴史とは
破滅への道に外ならなかった
農道で銃剣を突きつけられ
手を合わせて命乞いをする半裸の男
焼けただれた黒い塊になって
打ち捨てられている手足のない遺体
鉄かぶとの若い米軍歩兵部隊の兵士は
千切れた敵兵の上半身をぶら下げていた
圧倒的な暴力と
欠けらさえない人間の尊厳

飛び散る足もとの爆弾

中学校の課外授業で訪れたのだろうか
ぼくの位置からは横顔しか見えなかったが
握った右のこぶしを口もとにあて
一人の少女が六枚の写真パネルの前で
釘付けになっていた
出がけに母親が編んでくれたのだろう
編み込みポニーテールの髪が
白線の入った赤いジャージの肩にかかっていた
写真は六枚とも奇形児だった
アメリカ軍が空から撒いた枯葉剤で
ジャングルは焼け野原になった
その後遺症がいまだにつづいているという
眼球が飛び出た嬰児を見つめている少女に
ぼくは彼女が背負っているベトナムを

説明できないまま強く感じた

銃弾ベルトを腰に巻いた目の前の兵士に
幼い二人のわが子を胸にかき上げ
視線をそらしている若い母親
身体が一つで顔が二つある胎児が
足掻くようにホルマリンに浸かっていた
どのフロアのどの部屋の展示物も
ずっしりとベトナム戦争の爪痕だった

そこを出てタクシーをつかまえ
この街で一番高い建物の展望台へ行った
眼下には建設ラッシュの力強い街が広がり
夏雲の下でサイゴン川が光っていた

露店／茣蓙／風船売り

常設のナイトマーケット会場の昼間は
左右に寄せられたテントと屑物入れが
ガランとした広い空き地にあるだけだった
入口には英語とクメール語の吊り看板があり
その前に制服姿の警備員がいた
一体ここにどんな夜が来るのだろう
どうせならトンレサップ川に落ちればいいのに
反対側のビルの谷間に太陽は沈むのだった

白いマネキンの上半身と下半身は
まだ箱の中でばらばらな状態だった
そろそろ人出も増えてきたのに
紫色のドレスもジャージの上下も半ズボンも
かれらには商売っ気がないのか
商品展示はこれからという店が多かった
靴財布木綿のクロマー時計腕輪にゴム草履
どこの夜市にもありそうなものが
この露店にも並んでいく
ぼくは淡い色のクロマーを探していたが
店員は椅子に坐って焼きそば《ミーチャー》を食べていた
会場には大きなステージがあり
その裏手には食べ物の屋台が連なっていた
ステージそばのスピーカーからは
テンポの速い曲が大音量で流れていたが

ステージの上にもその下にも
人影はなかった

いったん入り口付近まで戻り
ディズニープリンセスのＴシャツと鞄を
そこでも声をかけられずに見て歩き
つぎにぼくは食べ物の屋台に向かった
串刺しの肉や魚や練り物を
その場で焼いたり揚げてもらって
椅子席か茣蓙に坐って食べるのだ
茣蓙の上の人たちを見ていると
砂ぼこりの校庭で家族と弁当を広げた
小学校の運動会が浮かんできた
懐かしい光景は其処此処にあって
おととしの秋に夜空の星になった母が
電気洗濯機のローラーに洗濯物を挟んで

ギュッギュッと絞っているように
サトウキビの茎を二度三度とローラーで搾り
その搾り汁のサトウキビジュースを
男が一杯千リエルで売っていた
やがて子ども連れが帰りはじめるころ
電車や白馬や飛行機を紐で結わえて
いまにも宙に浮きそうな
風船売りの自転車がやって来た

千リエルは約二十七円

安葩洼水上市場《タラート・ナーム・アンパワー》まで

ホテルのレストランで朝食をすませ
（ぼくはここの茶碗蒸しと味噌汁が好きだ）
いったんエレベータで一八三二号室に戻る
部屋の窓から動きだした十月の街が見えた
スモッグにかすんで遠そうに見えるのは
歩いて十分ほどの戦勝記念塔だ
ぼくはアンパワー水上マーケットに行くことにした

ロットゥーという乗合ワゴン車の発券所に行き
（戦勝記念塔からは五分だ）
タイ語で印刷されたチケットをもらう
わかったのはボールペンで書かれた数字が
八十バーツだということだった
満員のロットゥーはいちどトイレ休憩に寄った
売店で水を買ってぶらついていたら
ぼくが降りたワゴン車はどれだったのか
いっしょに乗っていたのはどんな人たちだったのか
みんなおなじ車とおなじ顔に見えて
ぼくはじぶんの戻る場所がわからなくなった

ピンクの大きなヘアリボンと首リボン
マリリン・モンローのプリントタンクトップで
ミニーマウスが迎えてくれた
帽子も髪も顔もスーツも手も靴も

全身白いペンキまみれで足を組み
ずっとベンチで本を読んでいる青年がいた
いくつも橋が掛けられたアンパワー運河には
魚介類や焼きそば焼き鳥揚げ物などを
その場でつくって皿に並べて売る小舟や
寺院めぐりのエンジンボートが止まっていた
川を挟んで小さな店がつづいている
ブリキのおもちゃキャンディー絵はがき
各種ケーキのマグネット畳表のゴムサンダル
ぼくはじぶん用に黒いシャツを一枚買った

一時間五十バーツというので
(時間も値段も手ごろだ)
寺院めぐりのボートツアーに参加した
アンパワー運河をすべりだしたボートは
メークロン川に出るとエンジンをふかし

水しぶきをあげて岸を離れた
ぼく以外はみんなタイ人だった
最初の寺院でかれらは線香や花を買って供えたり
仏像の前でおのおの祈ったりしていた
そしてふたたびボートに戻る桟橋で
ぼくは下船時に撮られた写真を買った
それからまたびゅんびゅん飛ばしてつぎの寺院に行った
バケツにぎっしり入ったウナギやカメや小魚が
タンブンとして売られていた
（この生き物たちを川に放して徳を積むのだ）
かれらは線香や花を買って供えたり祈っていた
ぼくは下船時に撮られた写真の絵皿を買った
ボートはびゅんびゅん飛ばしてつぎの寺院に行った
かれらはまた線香や花を買って供えたり祈っていた
ぼくはもう写真は買わなかった
ボートはまたびゅんびゅん飛ばしてつぎの寺院に行った

かれらは線香や花を買って供えたり祈っていた
そして駱駝やイノシシ馬ヤギ鶏のいる寺院に行った
（これでも寺院めぐりなのだろうか）
かれらは干し草を買って駱駝と写真を撮っていた
途中の桟橋でどれがぼくの乗ってきたボートなのか
わからなくなりかけたこともあったが
いくつもの寺院を五十バーツで二時間もめぐって
ボートはアンパワー運河に戻って来た

帰りのロットゥーもぎゅうぎゅう詰めで
ぼくの席は運転手と助手席の僧侶の間の
身じろぎもできない小物入れの上だった
こんどは車に戻る方法も聞いていたが
運転手はびゅんびゅん飛ばして
戦勝記念塔にほど近い停留所まで
トイレ休憩はいちどもなかった

八十パーツは約二百八十円

ベンタイン市場

二重円の外側の緑色の円には
白抜き文字でコーヒー店の名前が書かれ
内側には星のティアラの半魚人《はんぎょじん》の娘がいた
街中でよく見かけるそのロゴマークが
洒落たTシャツになっていて
思わず手にして買ってしまった
だがホテルに戻ってよくよく見ると
ティアラに思えたのは「三角笠」であり

文字は「ベトナミーズコーヒー」だった
何だかだまされた気分になったが
翌日はそれを着てクチトンネルに行った

ホテルから近いこともあって
ぼくは毎日ベンタイン市場に出かけた
時計台の形をした市場の入口の周りには
リヤカーに積んだマンゴスチンや客待ちのバイクタクシー
サングラス売りに扇子ライター絵葉書ジュース水コーラ
赤や黄色のハンモックを肩に担いで売り歩く男に
買った客も買いそうな客もいなかった
日射しは倒れそうになるほど強かったが
そうなる前に激しい雷雨が街をぬらした

雨やどりができるベンタイン市場は
いくつかのブロックに分かれていて

まるでアリの巣のようだった
右の通りは絵画仏像陶器にサンダル
帽子やバッグに白青ピンクのアオザイが
ところ狭しと通路にまではみ出ていた
まっすぐ行けばドライフルーツに食堂街
ぼくは昼どきにはそこへ行って
香草抜きのチキンフォーを食べた
向かいはベトナム土産のコーヒー店だ

鍵のついたガラスケースの中は
それっぽいハンドバッグにサングラス
スマホケースにシルクのスカーフ
化粧品や美白クリームにまで
偽ブランド品はあるという
品数豊富なアディダスオメガナイキミュウミュウ
場内は白黒黄色の観光客であふれていた

夜が来て
ベンタイン市場の門扉が閉められると
すかさずそこにバイクや台車やリヤカーが
四方八方から突進してきて
テントや支柱や商品を運び込み
数時間だけの夜市ができあがっていく
そこでは揚げ春巻きでビールを飲んだ
明りの下で光る腕時計の青い文字盤
ゴホンヅノカブトと黒いムカデの標本
ポロシャツと手提げバッグが天井から吊るされ
絵皿に刺繍に三角笠のマグネット
そして定番ベトナミーズコーヒーのTシャツ
どう見ても本物にはほど遠いドラえもんとキティも
何食わぬ顔でちゃっかり並んでいた

ピストルと毒グモ

モニボン通り沿いの
ぼくが泊っているホテルの窓からは
夕日に染まる黄色いアールデコ様式の
ドーム型のセントラルマーケットが間近に見えた
バルコニーに出て街を見まわすと
シャルルドゴール通りには
映画*「キリングフィールド」にそのまま出てきそうな
柳茶色の建物やホテルがいくつも見えた
セントラルマーケットへは

ホテルから十分もかからなかったが
ひまそうなバイクタクシーが
どこへ行くのかといつも声をかけてきた

マーケットには禁煙と禁止事項のステッカーが
壁や柱のそこかしこに貼られていた
場内では覆面禁止に加えて
ピストル持ち込み手榴弾持ち込み
サバイバルナイフと機関銃の持ち込み禁止
さらにバイクでの侵入と
大型犬の連れ込みも禁じていた
そんな市場はいままでなかったが
ここでロン・ノル将軍のクーデターと
ポル・ポトによる大虐殺があったのだ

中央のドーム型の屋根の下の売り場には

貴金属や宝石類の高級店が並び
警備員もいて物々しかったが
そこから一歩出ると衣料品や食料品
靴にバッグに雑貨の店々が
生活用品や香辛料の南京袋とともに
放射状に延びていた
じぶんの店が持てなくて
通路で盥の鯰を売る老女もいた
小銃のシリンダーに似たハチの巣と
大味のジャックフルーツを
生まれてはじめて口にした

通路の物売りには
油で揚げたり炒めた虫を
量り売りしている男と女がいた
二ドルとは法外な値段に思えたが

撮影禁止だと女が声を荒げたので
そこにある全種類を
適当に紙袋に入れてもらった
そしてホテルの部屋に持ち帰り
思いがけず手にしたいろいろな虫を
一匹ずつ袋から取り出し
机の上に並べていった
だがコオロギやバッタはともかく
獰猛なタガメと大きな毒グモまでが
油まみれで足の捥げた
ただの黒い塊だった

一ドルは約百十円

＊『キリングフィールド』は、ニューヨーク・タイムズ記者シドニー・シャンバーグの体験に基づくカンボジア内戦を描いた１９８４年制作のイギリス映画。

サータイ市場

午後のドンコイ通りを歩いていると
男が声をかけてきた
一時間四十万ドンでどお？
彼のバイクで中華街を案内するという
いま思うと二十万ドンが妥当だった気もするが
せいぜい三十万ドンだろう
仕事は日本人相手のガイドだという
フーさんはふつうに日本語が話せたが

ガイドが昼間からふらふらしているだろうか

彼のバイクの後ろに乗って
中華街のチョロン地区へ向かった
途中一軒の万屋風の店先で
フーさんがアイスコーヒーを奢ってくれた
彼は女店主と何やら話していたが
ぼくから金を奪う相談ではなさそうだった

それからまたバイクの背に乗り
チョロン地区を代表する古刹の天后宮《てんごうきゅう》へ行き
天后聖母の像と天井から吊るされた渦巻き状の
香港や台湾でも見た巨大な線香を見上げた
そしてまた彼の後ろに跨がり
何の説明もないまま
フランシスコ・ザビエル教会の別名を持つ

チャータム教会の白く美しいマリア像を見た

この街がまだフランス領だった頃
華僑*の男と白人の少女が紡いだ物語は
鍵のかかるチョロン地区の薄暗い部屋で
疲れ果てるまで交わることだった
そのうち少女は男から金をもらうようになった
家には誑かされて財産をなくした母親と
心の弱い兄ポーロと
阿片の虜になったその上の兄がいた

フーさんのバイクにまた跨がって
売り買いの人でごった返すビンタイ市場に行く
フーさんはぼくを乗せたまま
シルヴェスター・スタローンのように
トタンの壁と店先の間の狭い路地を

人の波を縫って突き進んだ
高い天井から足元まで色つきの鼻緒のゴム草履が
怪獣の皮膚のようにボコボコとぶら下がっていた
軍手も増殖中の茸のようだ
青赤黄色のブラジャーパンティ手編みのプラカゴ
卸問屋はばら売りはしないから
シャツも干物も箸や茶碗も束ごとだった

茶色いメコン川の岸辺にも
束になったホテイアオイが浮いていた
やがて蒸気船で少女はフランスへ帰って行った
華僑の男は埠頭に停めた車の中で見送った
二人が逢瀬を重ねた部屋の近くには
フーさんのバイクは通り過ぎたが
切り落とされた豚の足や葉物野菜や洋服や
花や魚のサータイ市場がある

四十万ドンは約二千円

＊1992年仏・英合作で映画化されたマルグリット・デュラスの自伝的小説『愛人／ラマン』。主人公の少女役はこの作品がデビュー作の、当時十八歳のジェーン・マーチが演じた。

夜のシクロ

暮れかけたプノンペンの街の
通りの樹々に青いイルミネーションが灯り
バーもクラブもホテルもスパも
闇の中から忽然と浮かびだしてきた
ワットプノンからノロドム通りを一路南へ
ぼくを乗せたシクロは進む
一月の夜風が心地よい
やがて光に包まれた独立記念塔が見えてくる

その周りには青や赤の噴水が
殺された市民の血しぶきのようにふき上げていた
唸るバイクが何台も何台も走り抜けていく

男友だちのバイクの後ろに乗って
女子大生ソポンの赤いドレスが通り過ぎていく
あまりに多くの出来事が
カンボジアでは起きていた
クメール・ルージュの兵士だったソポンの父
美しい女優の母は映画監督の恋人だった
その監督を彼の弟は組織に売り渡した
それぞれに辿った運命は
何もこの物語の中のことにかぎらなかった
貨幣も学校も病院もつぶされた
宗教も家族も解体された
わずか四十数年前のことだ

大量虐殺で大人たちが消えたカンボジアでは
クメール人の平均年齢はいまも二十五歳だ
ホテルのボーイも果物店の店員も
僧侶もダンサーも揚げパン売りの少女も若く
屍《かばね》の山だった野をだれも知らない

シクロの運転手は
独立記念塔の先の公園の
シハヌーク像の前でシクロを停め
ぼくに降りるようにうながした
何人もの夕涼み客が散策していた
そして彼はぼくをシクロの運転席に跨がらせ
ぼくのカメラで二枚ともピンボケの
ぼくの写真を撮った

それからリバーサイドのカフェに入り
おなじものでいいというので
コーヒーとホットサンドを注文した
彼の腕は丸太のように太く
鋼鉄のように硬かった
苦いのかコーヒーには何杯も砂糖を入れ
ホットサンドは少し口にしただけで
あとは紙ナプキンに包んでポケットに入れた

ホテルの前まで送ってもらい
チップとして一ドル渡した
ぼくを見た彼の目の意味がわからなくて
もう一ドル渡した
彼の目は
それでも変わらなかったが
折しもドアマンが開けたドアから

ぼくはそのままホテルの中に入った

一ドルは約百十円

＊ソポンは、２０１４年公開のカンボジア映画『シアター・プノンペン』（原題は「The Last Reel」）のヒロイン名。この映画は同年、東京国際映画祭で特別賞を受賞した。

古都ウドンへ

目覚めたのはベッドの上だった
プノンペンに来て三日目の朝ではなく
人工心肺装置と人工呼吸器を外された
静かな集中治療室だった
風もないのにコントラクト・カーテンが
際限なく天井へめくれ上がり
浮腫んだチアノーゼの足の指の先から
無数の黒い虫が這いずり出ていた

虫はトイレの床にもそのドアのへりにも
びっしりとへばりついていて
ぼくが見るたびにちりぢりに逃げだした
真夜中には当直医が忍び込んで来た

時差は二時間しかないのに
二度も三度も目が覚めて安眠できなかった
プノンペンに来て三日目の朝だった
ホテルの部屋の窓から通りを見下ろすと
すでに何台ものトゥクトゥクが屯していた
向かいの白いテーブルクロスを敷いた
一組だけ朝食を摂っている一階のレストランは
前に来た時に泊ったホテルだった
ぼくはふたたびこの街から
旅をすることになるだろうか

山頂まで五百段あるという石段を
休みながらでも上って行こうと思った
歴代王たちの仏塔がある古都ウドンの山が
見え隠れしながら近づいてきた
その麓で
二時間乗ってきたトゥクトゥクを降り
そこにいた物乞いを避けて
数えながら石段を上りはじめる
行く手の仏塔や寺院にも立ち寄りながら
飲み物を売る移動屋台で足を止めると
数えていた石段の数もわからなくなったが
やがて平野を一望する頂にたどり着いた
赤っぽいカンボジアの旗に風が吹いていた

目覚めたのはベッドの上だった
ぼくの身体から抜いた三本の血管を使い

すでに医師たちは電動のこぎりや針金で
ぼくの心臓弁と冠動脈のオペを終えていた
陽光のひとすじが死線をこえて
遮光カーテンの隙間から射し込んでいた
プノンペンに来て四日目の朝だった

ヤンシン市場

ベトナム戦争はとっくに終わっているのに
薄暗いヤンシン市場の一角だけが
いまだに戦時中のようだった
山積みの鉄かぶと
アルミの食器に錆びた手榴弾
だれが持ち込むのか輪ゴムで束ねた写真の数々
椅子に坐って缶飲料を飲んでいる丸眼鏡の若い男
離れたベッドに寝そべって男を見ている若い女

彼は兵士で彼女は馴染みの売春婦だろうか
金色銀色昇り龍のオイルライターのジッポーも
ところ狭しと並んでいた
煙草はキャメルかマールボロだろう

壁には迷彩柄の戦闘服をはじめ
半袖半ズボンパーカージャケットカーゴパンツ
鎖にワッペン軍用犬の鑑札赤い笛
半世紀近くも前の軍用品が
どうしてこんなに溢れているのだろう
どれが本物でどれが偽物かはどうあれ
そうして市場を歩き回っていると
一九七〇年代の東京が見えた
まだ山手線の駅頭には傷痍軍人がいた
白装束と戦闘帽に身を包んだ男たちは
アコーディオンを弾きハモニカを吹いていた

もっと行くと外した義足に松葉づえ
義捐箱を前にひざまずいた兵隊が
サーカス小屋のそばにいた
酒に酔うと調子っぱずれの軍歌を歌うか
ぼくを足蹴にするかの父だった
南樺太《みなみからふと》からの引揚者だった父と母は
着の身着のまま引揚船で
べつべつに本土に流れ着いていた

ヤンシン市場には
壊れたタイプライターや
空薬莢に防弾チョッキもあったが
ぼくが欲しいようなものは何もなかった
やがて駅頭から傷痍軍人はいなくなった
昔のぼくの家の鴨居には
カーキ色の父の上着も掛かっていたが

軍隊で片耳の鼓膜が破れたことも
戦地へ行く間際の敗戦だったことも
あとになって母から聞いただけで
父は何も話さなかった

風の街かど

昨日も来た朝市だったが
もう少しゆっくり見て歩きたくて
トゥクトゥクドライバーのソファに頼んだ
サー・チャランチョムレック
サーは市場の意味でそのあとは村の名前だ
だが帰国後そのムスリムの村を調べてみたが
名前が微妙にどこか違っているのか
何をどう検索しても何もヒットしなかった

ソファにはぼくの言葉はどう聞こえたのだろう
呼べばいつも「イエス」と言ったが
そもそも彼の名前はソファだったのだろうか
トゥクトゥクはちゃんと昨日の市場に到着した

一時間の約束で彼の車から降り
ぼくはその朝市の一本道に足を踏み入れた
道の両側につづく露店の前で
見たことのない野菜や魚が
笊や籠に入って売られていた
毛を毟られて板の上に並んでいる首のない鳥
黄色や青や肌色の足だけの鳥
QRコードのような厳つい模様の魚もいた
食べても毒はないのだろうか
村の女たちは全員が帽子か
赤青茶色や紫のヒジャブだった

リヤカーに巨大な黄色い鳥のヒナや
赤い嘴の鳥や白いジェット機を乗せて
込みあう道を売り歩く風船男と
バイクに絨毯を積んで客を呼び込むインド人の男
薬局や洋品店の店先には若い托鉢の僧が来て
モンキーバナナにリンゴにミカンにタマリンド
市場の端まで行っても豚肉はなかった

出歩くには暑すぎるプノンペンの街を
毎日ソファのトゥクトゥクで移動した
寿司本田もパブ・ミステリアスもクラブ・ルピナスも
日本料理店ＲＯＫＵも東屋ホテルのマッサージ
さらにはナイトマーケットの送迎やホテルの移動も
彼は約束の五分前には来て待っていた
プノンペンにはつぎはいつ来るのかと
空港で荷物を下しながらソファは訊いた

前にもぼくの泊ったホテルの玄関口にいて
そう言ったトゥクトゥクのドライバーがいた
べつに約束はしなかったが
いつまでに来れば彼はいたのだろう

夜の街を案内してくれたシクロの運転手
ワットプノンの入り口の下足番の少女
かれらの写真を手に人に訊ねたりしたが
この街で一つ事を続けるのはそんなに難しいのか
だれの手がかりもつかめなかった
そしてパブ・ミステリアスのリーからは
父親のひつぎの写真とともに
店を辞めたと突然メールがきた

山本博道　既刊詩集

『流れもなく藁の時代の岸に戦いでこの夜、
大陸は更けるひとつ恋風』（1976／ワニ・プロダクション）
『憧れは茜さす彼方』（1977／ワニ・プロダクション）
『藁の船に抱かれて』（1979／紫陽社）
『恋歌』（1985／ワニ・プロダクション）
『風の岬で』（1990／思潮社）
『死をゆく旅』（1992／花神社）
『初夏に父死す』（1997／ワニ・プロダクション）
『短かった少年の日の夏』（1998／思潮社）
『ブルゴーニュの赤』（1999／思潮社）
『ボルドーの白』（1999／思潮社）
『夢の小箱』（2004／思潮社）
『パゴダツリーに降る雨』（2005／書肆山田）
『ダチュラの花咲く頃』（2007／書肆山田）
『ボイシャキ・メラ』（2009／書肆山田）
『光塔《マナーラ》の下で』（2011／思潮社）
『雑草と時計と廃墟』（2013／思潮社）

夜《よる》のバザール

著者
山本博道《やまもとひろみち》
発行者
小田久郎
発行所
株式会社思潮社
〒一六二－〇八四二　東京都新宿区市谷砂土原町三－十五
電話〇三（五八〇五）七五〇一（営業）
　〇三（三二六七）八一四一（編集）
印刷所
三報社印刷株式会社
発行日
二〇二二年五月三十一日